詩葉片片

許定銘

目錄

一九六四

一九六五

那個年代追尋的心與夢
——寫在《詩葉片片》再版之前

黎漢傑

　　許生的詩集《詩葉片片》曾在二〇一六年出版，但正如他在當時寫的後記所言：「作為少年時代生活的足跡，印量甚少，僅百冊。」今日坊間已難尋覓，遂向他建議再版，同時修正個別錯字。許生非常爽快，一口答應，不過有個條件：「請你寫一篇序，想知道你這一代人對我們六十年代『詩』的看法。」於是，只好硬着頭皮，妄言一些不成熟的偏見了。

橫的移植：來自台灣的影響與模仿

　　雖然自英美新批評以降，作者對自己的作品已沒有權威的解釋權，但是作者對創作的解說，仍然值得注意，若配合作品實證真有其事，這仍然是一個具說服力的角度。許生在本書前言寫道：

　　　　那時候我喜歡讀《文藝》、《好望角》和台灣的《創世紀》、《星座》、《海洋》、《藍星》、《葡萄園》、《筆匯》及《現代文學》等前衛詩刊及發表

> 詩作較多的雜誌；喜歡余光中、瘂弦、楚戈、周夢
> 蝶、鄭愁予、雲鶴、楊喚等人的詩作。初學寫詩，
> 大多經過模仿的學習階段，形式、語法、意象、節
> 奏類似某些詩人的作品在所難免……

這其實也正是他那一代人的閱讀趣味。相比香港五十年代的詩人如徐訏、林以亮、力匡、齊桓，寫的大多是格律詩，當時的文青無疑都會讀他們的作品，但會不會跟從，甚至模仿？詩這文類有些奇怪，後來者總喜歡推翻前一代人的寫法。證諸詩史，唐詩之後，宋人寫的是講才學、講議論的宋詩。唐詩雖然是一份極寶貴的遺產，但同時也是一股令人揮之不去的威脅，套用布魯姆（Harold Bloom）的說法，就是一種「影響的焦慮」（The Anxiety of Influence）。放在許生年輕的時代，格律詩雖然普遍，但新進作家如果照搬過來寫詩，永遠不會有人覺得他們是特別的。因此，要借鑒另一些傳統，當時台灣有新的詩風冒起，自然成為香港青年學習的對象。

說到模仿，一九六五年間已有人曾在《中國學生周報・詩之頁》批評過模仿瘂弦風格寫詩的也斯和柏美：「再擺脫不了瘂弦的影子就有危險；柏美同樣是。要知道，風格成為藝術家之神物利器的同時，也是他自己的陰影。」（見一九六五年十月一日《中國學生周報・詩之頁》。）回看《詩葉片片》，本書大部分詩作都是寫

在六三至六五年之間，那究竟許生會不會也有瘂弦的影子？

　　孟樊、楊宗翰在《台灣新詩史》（台北：聯經，二〇二二年）提到瘂弦一種常見的修辭手法：重複，並歸納了幾個表現形式，細心的讀者同樣也可以在《詩葉片片》找得到。首先，首詞重複，如瘂弦〈在中國街上〉頭段與末段的「且」字重複，這種手法在《詩葉片片》也有不少。例如〈你告訴我〉「翻開」不斷重複，配搭「第一頁」、「第二頁」、「第三頁」等層層遞進，每句緊接「你」字開頭的句子，用以渲染情緒。又像〈擺動夜〉每段結束時以「擺動」起首：

　　　　擺動　屠子的刀
　　　　　　　斷尾巴猴子
　　　　　　　踏印第安人野火會
　　……
　　　　擺動　迎風起舞
　　　　　　　裸體冰雪下
　　　　　　　沒有旋律的狐步
　　……
　　　　擺動　印度人蛇腰舞
　　　　　　　解剖一個像我的生物
　　　　　　　二十世紀充滿擺動夜

每一段的「擺動」之後，隔一個空格，接着必定出現三行都可以說是名詞的句子，三行均齊頭，表明是擺動夜所「擺動」的事物。詩行如此處理如果說是一種形式，那其實是一種有意味的形式（Significant Form），讓特定的字句排列組合，引起一種動感，呼應題目。

另外一種比較複雜的手法則是「反覆迴增」，即詩作若干句子甚至整段重複，當中有若干詞語轉換。瘂弦的〈斑鳩〉頭兩段詩句：「女孩子們滾着銅環／斑鳩在遠方唱着／／斑鳩在遠方唱着／我的夢坐在樺樹上」以及末二段詩句：「斑鳩在遠方唱着／夢從樺樹上跌下來／／太陽也在滾着銅環／斑鳩在遠方唱着」正是運用了這種類似民歌的修辭技巧。許生寫的〈異鄉人〉都有這種民歌式的句子：

> 那邊　有吹自故鄉的風
> 　　　　和流自那裡的水
> 這裡　有吉卜賽人舞躍
> 　　　　及猶太人在討飯
> 異鄉人
> 這曾否激發你思鄉之情
>
> ……
>
> 這裡　有吹自故鄉的風

　　　　　　　和流自那裡的水

　　　異鄉人
　　　這曾否激發你思鄉之情

看首尾兩段，末段則比首段少兩行，其餘四句基本重複，僅更易一字，類似歌詞的「副歌」，重複而又所變化。這種對節奏的追求，也見於其他詩作，如〈往事〉：

　　　消逝吧　　如煙的
　　　　　　　　往事　　而
　　　你的影子昨夜仍於我心房上掠過

　　　……

　　　消逝吧　　如煙的
　　　　　　　　往事
　　　而你的影子仍於心湖泳游

首尾兩段的詩句，句子意思基本一樣。但每段最後一句的詞語有更換，加上「而」這個字第一次出現在首段第二行最尾，第二次卻調動到尾段第三行開首，作用有如歌手演唱副歌時，每次音節不一造成一種陌生化的效果一樣，避免過於重複，流於沉悶。

　　　第三種是所謂「複沓句法」，在瘂弦的〈水手·羅曼斯〉、〈耶路撒冷〉、〈羅馬〉、〈赫魯雪夫〉、〈一般之

歌〉都可以見到。而我們也可以在許生的詩作找到，例如〈鏡〉上段：「看到我的／影子」對下段：「看到你的／影子」，僅改一字，主客互換。〈冷呀冷呀〉四段的末句，均以「冷呀冷呀」結尾，但句首則每次稍有變化：「有的樹要挺直腰板。」、「有的樹要落葉了。」、「有的樹要哭了。」、「有的樹現在才開始生長。」，展現的是四種不同的生存狀態。另一篇的〈醉〉，則是複沓之餘，靈動變化：

> 我們便說着如何抽刀斷水
> 說着如何散髮扁舟
> 說着如何小謝
> 說着如何得意盡歡
> 說着說着
> 躍然

看題目，再看句子的來歷：「抽刀斷水」、「散髮扁舟」、「小謝」，均出自李白的〈宣州謝朓樓餞別校書叔雲〉，這當然是向詩仙、酒仙的李白致敬了。

第三種是反覆性修辭（palilogy），即單純的字或詞語重複出現。例如瘂弦的〈蛇衣〉中的頭段第三（行尾）與第四行（行首）的「洗了又洗／洗了又洗」就是例子。這種修辭技巧，在《詩葉片片》亦隨處可見。〈網〉就有比較精煉的表現，全詩如下：

我在編織一個網

這不是用來捕魚

　　　　　網雀的

而是

網我自己

呵呵

網我自己

兩次重複，情緒表達是有些微不同。第一次的「網我自己」，比較像是陳述句，語調平淡。但第二次出現，則是跟在「呵呵」之後，有了這兩個字的鋪陳，情感有了一個轉折。在敘述者的角度，第二次明顯是一種經過自省之後，而出現的感嘆句。他所感嘆的，當然就是自己編織的「網」居然不是用來捕捉外物，而是作繭自縛。這個情感，放在現代主義詩潮的脈絡，當然可以解讀為對工業文明來臨，社會推崇「理性化」(Rationalization)，純粹以效果、利益作行為的準則，導致所謂人的「異化」(Alienation)。

　　以上的解詩角度，當然可以成立。但是引用某種主義、某個理論來解讀新詩，則很有可能見林不見樹，將一個一個有血有肉的詩人，化成一堆主義、一堆概念。即使，那一代的詩人寫得再好，也只不過是優秀的模仿者，看不到詩人自己的面目。

寫自己的詩，尋自己的心與夢

許生有一首詩：〈塑像〉，我覺得頗可以說明詩人本身是怎樣看待寫作的：

> 他是蓄短髭的尋屍者和「食屍的人」。他慣於獨處。他不是中國風的奴隸也不是現代主義的盲目信徒，但他是食詩的人。他告訴我他是雲。

前文分析過，許生正如那一代的詩人一樣，從台灣的詩人借鑒句式、修辭、意象等等，也許他自己當年都有自覺，例如〈塑像〉另一段詩句這樣寫道：「那雲常以霧水把希冀寫在星上。他掉頭，我看到他真誠的火燄暗淡了。他染有瘂弦的病症；在〈深淵〉之中，他說他是〈異客〉裡的陌生人。在等着死神的降臨。但他又畏懼死的親吻，所以他走了。」染有瘂弦病症的他，是否詩人自喻，這不重要；重要的是在這首詩他明確提到瘂弦及其詩作，而且清楚明白瘂弦的路，不是他自己的路：「但他又畏懼死的親吻，所以他走了。」那麼，這位香港詩人究竟想寫怎樣的詩呢？

檢視整本詩集，有兩個字是經常出現的，一個是「心」，另一個是「夢」，兩者都出現三十多次。寫詩，用字是特別精煉的，如此重複出現，當然是詩人有意為之，甚至是一個極力經營的象徵。

先看「心」，詩人有時候會在同一首詩用幾次，自然這個「心」對詩人是有特殊意義的，例如單是一九六三年寫就的〈往事〉一首就出現了四次：「你的影子昨夜仍於我心房上掠過」、「願你沖去那刻在心上的」、「收拾赤子之心」、「而你的影子仍於心湖泳游」。這處的「往事」，可以解作一個具體的女性，也可以看成是理想的對象，甚至是期盼已久的理想。至於所指究竟是虛是實，全看讀者的感覺。最重要的是詩人一再提到的「心」，是指一個抒情的主體。它想「收拾赤子之心」，但是你的影子如雁過留痕，總是在「心」浮現：「而你的影子仍於心湖泳游」。這個年輕詩人的「心」是渴望去愛，只是如果追求這份愛最後不成功，卻會更加倍空虛：「我悄悄地告訴你，我走了，朋友 / 沒有帶走一枚貝殼和沙粒 / 僅是，僅是我虛空了的心」。因此，這本詩集，從早期的作品來看，詩人的「心」幾經頓挫，因此也想過「僅記收拾　一顆 / 赤子之心及過度的疲勞」（〈夜訴〉），甚至曾陷入失魂的焦慮：「女海盜掠去我的心 / 留下一具沒有靈魂的殘軀」。那份熱切追求過後的失落，才是當年那個詩人真正追尋的詩。

至於「夢」，在這本詩集，當然可以看作是失落的理想，例如〈三月裡的記憶〉所寫：「帶醉的日子有一個破碎的夢」、「留下一個破碎的夢」。但，也可以推而廣之，視作一個和諧的有情世界。例如一九六四年的〈夢〉：

回憶　痛苦沉悶的往事
我欲一敲現實的幕
尋求古往的一刻
海潮擊不爛礁石
歲月沖不淡古夢
雖往事似煙雲消去
試問夢境何處可尋

所謂「痛苦沉悶的往事」，當然和早一年〈往事〉的內容相關。「雖往事似煙雲消去／試問夢境何處可尋」，往事所追求的，並不成功，詩人希望達到的夢境無處可尋，只能嘆息，提出疑問。而這個遲來的「夢」，幸好最後還是圓滿的。在〈伊之眸色〉這首詩，因為「伊」的到來，她的眸色，就成了詩人那個和諧的有情世界：「妳來。自九月的雲啟我夢於夢中。而夢是採霞的雲片。晚祭時。鐘聲喚我們的名字於雲外。遂把雲疊成希望交給明日。」這次的「夢」，是開「啟」了的，還可以「把雲疊成希望交給明日」，有希望，自然是喜悅的，有明日可以交付，無疑代表這個「夢」是可以長長久久的了。詩人歷年的追尋，終於有了成果，因此當「伊」問到他「爾之夢呢？」詩人這樣回答：「而我再沒有甚麼夢了。夢在西城。故事裡已不再是銅馬像和伊之無名指。僅是心中一團無以名之的茫茫。」「夢」已經因為

「伊」的到來，確實擁有了一個和諧的有情世界，所以不再有「夢」了。

結語

我們在這本詩集看到詩人用「心」去編織「夢」，追求的過程充滿困頓、曲折，而這卻弔詭地成為他寫詩的原動力。當年的他無疑借用了當時台灣的現代主義詩藝，但卻不是一種單純的模仿，相反他是在寫自己的詩。最後，詩人追尋到了期望已久的「夢」，無疑是值得高興的。可是，「夢」一旦成功追尋，則頓時失去了追尋詩的興趣。當然，這可能只是我強作解人，但證諸詩人在〈伊之眸色〉之後創作銳減，甚至覺得「我頹然老了 / 這不是一九六九 / 是一九九九」，儼然失去了年輕時的寫詩衝勁，似乎又可以是言之成理了。

二○二四年四月二十一日

寫在《詩葉片片》前頁

　　有朋友問我：你寫散文、小說、書話，路數頗多，不知是否曾創作新詩？年輕朋友搞創作，其實大都寫過新詩，多是覺得字數少，寫得快，寫得自由，有成功感。

　　我當然寫過詩，不過，已是五十年前的舊事了。給朋友一提，翻出最早的兩三本剪貼簿看看，原來竟有一百幾十首，算是不少，而且有些也收進《戩象》（香港藍馬現代文學社，一九六四）和《港內的浮標》（香港創作書社，一九七八）內。只是這兩本書早已絕版，後來才認識的朋友多未讀到，才會以為我不寫詩。

　　我熱衷寫現代詩是一九六〇年代中期，尤以六三、六四那兩年寫得較多。那時候我喜歡讀《文藝》、《好望角》和台灣的《創世紀》、《星座》、《海洋》、《藍星》、《葡萄園》、《筆匯》及《現代文學》等前衛詩刊及發表詩作較多的雜誌；喜歡余光中、瘂弦、楚戈、周夢蝶、鄭愁予、雲鶴、楊喚等人的詩作。初學寫詩，大多經過模仿的學習階段，形式、語法、意象、節奏類似某些詩

人的作品在所難免，尤以「激流社」諸友：易牧、卡門和蘆葦，模仿得相當神似。《戮象》出版後，李英豪當頭棒喝，指他們學得不好，沒有自己的風格，卻速速亮劍，過早結集。其後「激流社」三友因受刺激而停筆不寫，只有羈魂鍥而不捨，默默埋首創作至今，出詩集多本，詩齡超過五十年。寫了幾年詩的我，見沒有甚麼進展，漸漸的少寫了，至一九七〇年起輟筆，不再從事詩創作了，有時我也會自問：我之不再寫詩，會不會也與李英豪的棒喝有關？

雖然我不再寫詩，但現代詩卻一直埋在心底，而且與詩集也頗有緣份。匯文閣書店主人黃志清（建成，1936？~2015）是我好友，一九七〇年代我常去他中環的寫字樓「打書釘」，發現他書架上有不少台版詩集及詩刊。原來他年輕時也很喜歡詩，常讀台灣的現代詩，收藏甚豐。在我的懇求下，他終於全數低價讓給我，像詩刊三十二開本《創世紀》由創刊號起的連續十期，紀弦的《現代詩》，《藍星季刊》、《藍星年刊》等；詩集覃子豪的《向日葵》、《畫廊》、白萩的《蛾之死》、王憲陽的《走索者》、葉珊（楊牧）的《花季》、羅門的《第九日的底流》、蓉子的《蓉子詩抄》、張健的《春安·大地》……等，都是從黃兄的書架上搜得的。

約二〇〇六年前後，我開始上「孔夫子舊書網」買書，其時也特別注意詩集，拍得絕版詩集不少，像戴望

舒的《望舒草》、杭約赫《火燒的城》、鷗外鷗的《鷗外詩集》、臧克家《生命的〇度》、史輪的《白衣血浪》、蒲風的的《六月流火》……，上海星群出版社的《詩創造》、《中國新詩》，都是難得一見的詩集與詩刊。

記不起是誰說的：寫詩要感情豐富、愛幻想、有衝勁，最適宜年輕人創作；三十以後，累積不少人生經驗，開始創作小說反映社會，抒發個人理想；五十以後，人生已去一半以上，感到世事雖如棋局局新，亦不過生老病死而已，看透世情最宜寫散文，以真情意娓娓道出純茶味。

今次翻出舊作，細味逝去的歲月，無限唏噓！

——二〇一六年八月

荒園子的拓墾（代序）

某日　我荷着鋤提了筆桿
與一大把自由種子
走向我底山谷　我所喜悅的荒谷
憑我的雙手
園子被建成了　我所喜悅的園子

我提了鋤在園子裡鏟除雜草
於是　一塊沃土呈現於眼前
春夫　這是春夫
我撒下了自由的種子

夏天　這是夏天
我忙於耕耘與灌溉
繁忙伴我整夏以後
瞧　這是耕耘的結果……

——一九六三年七月
刊於《星島日報》

一九六二

徬徨者

我是一個活在地球邊緣的人
　　　一枝長在暴雨狂風裡的新苗
把自己的生命磨練在崎嶇的路上
此刻　遙觀地球的光明與宇宙的黑暗
別再徬徨了
我該投奔光明的地球
還是墮落罪惡的宇宙

——一九六二年九月
刊於《星島日報》

2

一九六三

你告訴我

於是　你告訴我
你看了一段故事　可歌可泣的
翻開第一頁
　你甜蜜的笑
翻開第二頁
　你嚐到禁果
翻開第三頁
　你變得頹喪
翻開第四頁
　你瘋狂叫喊
翻開第五頁
　你……

看完了故事
喝一杯很苦的酒
朋友告訴我　你很憔悴
的確　你很憔悴
是為看了一段故事

———一九六三年四月
刊於《中國學生周報》

笑

他們在那裡向我發笑

曾告訴你的

這笑是一種召引

你就會迎上去

　　　　自刎

——一九六三年四月
　刊於《星島日報》
——一九六四年六月
　刊於《大專月刊》

三月裡的記憶

帶醉的日子有一個破碎的夢

三月
手握一束杜鵑
唔　有故鄉的氣息
遂墮落記憶之空間

杜鵑紅了
撒她一把
於河面仍有孤伶之感
牧童的調子很柔和
有接近伊甸的成份

於是
三月過去
留下一個破碎的夢

——一九六三年四月
刊於《星島日報》

於琴弦上

很活潑的昨夜
於琴弦上跳躍的指間落下一段記憶
那最後的餘音是寂寞的 G 小調和我

之後　代替手指撫琴的
是流盡的淚與白了的髮
很活躍的昨夜已過
隨着
黑色髮梢時代也消失以後
擁着撫着的仍是那古舊的弦琴……

———一九六三年四月
刊於《星島日報》

午夜

午夜　風在喧叫
刺耳而淒怨的
燭光　搖曳於前額
看一個褪色的故事
默想逝去的一段韶華

午夜　有呼伴喚侶的貓叫
寂寞遂擁我於懷愛撫
滑動小提琴的弦
我的影子隨燭光
　　　　　　搖曳
（午夜　風在敲我的門）

——一九六三年六月
刊於《星島日報》

等待

冷風吻遍不設防的臉龐
拋第二十枝煙蒂頭於地
默唸火車的卡數
唉　是十三
剛好第五天
遂有不祥預兆前來
瞧腕錶　良辰已過
（妳姍姍而來
　　黑色的日子起不了作用）

——一九六三年六月
刊於《星島日報》

擺動夜

有二十世紀的調子揚溢於空中每一分子
於是　有瘋狂的搖擺樂
你開始有搖動雙腿必要
擺動　屠子的刀
　　　斷尾巴猴子
　　　踏印第安人野火會

有濃厚特長濾嘴產品的迷離
空氣的分子遂帶有烈性麻醉
希特拉式的鬍子極敏感
擺動　　迎風起舞
　　　　裸體冰雪下
　　　　沒有旋律的狐步

有黑色咖啡壺子開始騰沸
壺蓋很響　像喪鐘
世紀末夜再無訪客
擺動　印度人蛇腰舞
　　　解剖一個像我的生物
　　　二十世紀充滿擺動夜

——一九六三年七月
刊於《阡陌月刊》

樊籠

這是一個不透風的困牢

而我是　一個奴隸

　　　　一個囚犯

將囚我終生

惜無雀伴我

因我是罪人

而主赦我於公審判時

然軀體雖離靈魂猶囚

囚我終生

樊籠

——一九六三年七月
刊於《星島日報》

11

失眠夜

昨夜　無眠客訪我於窗前以叩我心扉

遂　撫我以溫柔的手

　　吻我以冰冷的唇

隨着有淚淌於兩頰而使憶及日間的一切

無眠客徜徉於斗室

雙手乏力

齒更難啟

且不願作逐客之姿

乃使之伴我至黎明

——一九六三年七月
刊於《星島日報》

異鄉人

那邊　有吹自故鄉的風
　　　　和流自那裡的水
這裡　有吉卜賽人舞躍
　　　　及猶太人在討飯
異鄉人
這曾否激發你思鄉之情

來吧　異鄉人
　　　　且醉一宵
這兒有很美好的陳酒
　　　　　　家鄉的酒
　　有很好的音樂
　　　　　牧童曲調

這裡　有吹自故鄉的風
　　　　和流自那裡的水
異鄉人
這曾否激發你思鄉之情

——一九六三年八月
刊於《中國學生周報》
——一九六三年十月
刊於《工商晚報》

13

黃昏

太陽紅着眼伏在山背

慢走一步的山是個披黑紗少婦

海水挺身向夕陽挑戰

掙扎着的孤舟已作歸家的搖櫓

三兩海鷗仍打算在落日前找得一頓較豐的晚餐

拉兩三下衣領受冷風的撫吻

百鳥仍重歸故林

抹一筆赤紅水彩在山巔

——一九六三年九月

刊於《星島日報》

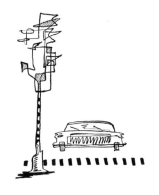

微波

潮退
帶走離家的沙粒
在茫茫大海中
誰能預測他們的歸期

我凝視碧綠的海水
一陣陣微波告訴我
有別離才有重逢的歡樂
淒怨的微風
泛起陣陣漣漪
一環環的波紋
衝到我底石上
放下一隻小紙船
微波呵
衝吧
帶着這真摯的友誼
衝到我友人的懷中

———一九六三年九月
刊於《星島日報》

15

長亭

幾棵老松圍着的是殘破的亭子
圓柱　一棵隆冬的樹幹
　　　　　　　　落葉了
刮一陣寒風
送兩片枯葉離家
遊子不再重返
　　　　　　家園
松子的質很苦
且及長亭的脫落色素
別矣
　　我友
揮手
　　去吧
夢裡我緊握着你的手

　　　　　　　　　　　——一九六三年十月
　　　　　　　　　　　刊於《星島日報》

16

往事

消逝吧　如煙的
　　　　　　　往事　而
你的影子昨夜仍於我心房上掠過
時間的洪流啊　沖吧
願你沖去那刻在心上的
　　　　　　　　　影子

忘了昨夜的夢
　　　　　　往事
收拾赤子之心
扶持那欲斷的殘軀
淚的苦水　沖啊
消逝吧　如煙的
　　　　　　　　往事
而你的影子仍於心湖泳游

　　　　　　　　　　　——一九六三年十月
　　　　　　　　　　　刊於《星島日報》

17

網

我在編織一個網
這不是用來捕魚
　　　　　網雀的
而是
網我自己
呵呵
網我自己

　　　　　　　　——一九六三年十月
　　　　　　　　刊於《星島日報》

秋

群雁向我告別
　　　　　南去，在
赤道　夏威夷　南太平洋
牠們有一個和暖的
　　　　　　　冬

來自海棠地的風，捲枯葉而去
（送它們回去吧，到海棠地去）

老農發笑
鐮刀亮得可以照到你嘴角一根鬍子
十八　第十八度雁兒南去
海棠地離我仍遠

　　　　　　　——一九六三年十二月
　　　　　　　　刊於《星島日報》

19

一九六四

今夜·今夜

跟嗆着從暖座跳起
突想起明晨的航行，六時卅分
呃，啤酒。呃，擺擺小野貓
明晨好遠呵，呃，東方之珠，惠靈頓

　　　　　　——沈甸〈港灣的憂鬱〉

星星。擷那一串星星掛在你的頸上。那最大的一顆
呢。吻呵。這是給你的。印在額上，深深地印在
心板。
牽着。這友誼會帶你上去，告訴你我的形象。
點點。無語。
（——兒啊。給我信哪。
　——大哥，帶着鬍子接你。
　——等你。等你。）
——怎麼，你不下注？也逛逛呵。羅馬。巴黎。
紐約。倫敦。台北……
不。我不。你去吧，我擷那顆星。
冰心，留着張張的紙。你蘊藏着縷縷熱情。懷着片
片鄉愁。
高歌呵，水手。

22

誰發明海輪，撒旦。撒旦。

哈里路亞。誰發明長途電話。

梅梅，告訴我今夜有你節目。今夜。

——一九六四年一月

刊於《星島日報》

夜市

撒下夜網。

亞波羅淒然遠去。

霓虹管擠眉弄眼。

肩碰肩。不開口。勾心鬥角。鞋踏鞋。勾心鬥角。
蒙上陰影，呼吸換上呼吸。人潮洶湧。

紳士淑女。莘莘學子。少男少女。老夫老妻。翩
翩，你的形象。枯葉相擁，起舞。

──買呵，很便宜的。先生。太太。少爺。小
姐。嚷呵，喉頭抗議。走，你還不走，無牌小販。
紳士淑女，走。莘莘學子，走。少男少女，走。老
夫老妻，走。無牌小販，走。警察，走。

為歡樂，走。求學，走。生活，走。十塊錢，走。
吃飯，走。責任，走。

叫聲，大聲的叫。紳士淑女，歡呼。莘莘學子，
喃喃。少男少女，樂與怒。笑容可掬。孩子，笑。
少男少女，笑。老闆，笑。聖誕老人，笑。老夫
老妻，笑。水手，笑。妳也笑。站在燈下。淒然
的笑。虛偽的笑。悲慘的笑。狂妄的笑。無血色
的笑。無歡樂的笑。落淚的笑。出賣的笑。陰險
的笑。

吁，呼一口氣。不再肩碰肩，不再勾心鬥角。

——噯，來坐，問問你的明天。水晶球告訴我，
明天太陽不起來。你走，你走呵。

夜色如墨。

……………。

——一九六四年一月
刊於《星島日報》

25

愛的故事

我是這樣悄悄地墮入河中
河水沐我全身，自頂至踵
洗淨了污穢的靈魂與軀殼
配上歡愉的舞曲
丘比特輕輕地張開他底銀弓
我曾歌頌多少個甜蜜的晚上
踏狐步的拍子朝向伊甸的路

舞台之背後原是個簡陋的化裝室
開啓以後的門暴露了面具的幕後
於是，我浮上河面，攀緊岸
憧憬是升至水面的泡沫
我悄悄地告訴你，我走了，朋友
沒有帶走一枚貝殼和沙粒
僅是，僅是我虛空了的心

（丘比特的銀弓斷了
　昨夜，沙兒告訴我……）

　　　　　　　　——一九六四年二月
　　　　　　　　刊於《星島日報》

26

靈感不來

今夜　後腦的幾塊骨頭在響

咖啡因的刺激烈否

直的筆冷曲了

時鐘不響

幾塊骨頭在響

幾塊骨頭在響

想　想

擠出甚麼

──空白的紙

──一九六四年二月

刊於《星島日報》

27

未題

之後　我的思想失去記憶
時間與空間遂凝結
舞台上仍是那一幕

我實在沒有甚麼可追憶的
而且也不能追憶
願飄到沒有靈魂的空間
這是一種解脫
仍是那個佈景　不變
　　　　　　　　不變

──一九六四年二月
刊於《星島日報》

28

夜訴

星兒畫過似帶
給我一股腦兒的煩惱

月兒西偏　燈昏
仍照着無神的眼與慘白的臉

多少個黑夜　我
打從苦悶走過

僅記收拾　一顆
赤子之心及過度的疲勞

東方發亮
整夜無眠

——一九六四年二月
刊於《星島日報》

女海盜與我

女海盜掠去我的心
留下一具沒有靈魂的殘軀

昨夜　我的幽靈憑弔寂寞灣
慰問沙兒的落寞
聽海濤的泣訴
秋如撒旦
向我惑誘
亞當的十代子孫離伊甸更遠

俯伏維納斯足下
神呵
把撒旦從我心中趕出
以昨夜的聖露　凝結
一顆神的種子
遙念那雙雙馳過草原的日子

（女海盜的影子仍膠着我
　如風吹過豐腴的麥田）

——一九六四年三月
刊於《星島日報》

昨日之一

拋下十二月

聖誕的鹿車遠了

拋下一九六三

妳的倩影更遠去

而隨來的兄弟遂痛哭於失去舞伴

憂鬱擁失眠翩翩起舞的日子過去

再沒有需要甚麼

象牙塔已倒立

而需要已隨昨日成為泡影

昨日　呵呵

昨日已不復在

——一九六四年三月

刊於《星島日報》

31

昨日之二

昨日有盲者列隊於窗前走過。異國旗幟蓋我民族。盲者高歌，列隊而過。

昨日有天使報訊：救世主降臨我們之間。盲者高歌，列隊而過。

昨日有刺骨寒風，席捲大地。歡騰。飲泣。成功。失敗。盲者高歌，列隊而過。

AB 江的利亞斯式風光旖旎。倒懸。血流。紅色的血。民族的血。騰沸的血。自由的血。人性的血。夢幻的血。哀痛的血。呻吟的血。家族的血。仍是紅色，紅色的血。沉澱，骨塊。人者的骨。白色的骨。未死的骨。幽靈的骨。銘刻的骨。不死的骨。亡者的骨。而這再流的不是滔滔江水，卻是自由淚血。

昨日有柔風帶我的名字掠過上空。故居的上空。棠葉的上空。

我遂倒下。慘不忍睹。

淚下。同情的淚。哀痛的淚。憐憫的淚。憤怒的淚。酸的是淚。我未死。我未死。年青的一代狂吼，民族性的血液沸騰。遂想及十月十日。三月廿九，與五月四日。

而昨日有盲者列隊於窗前走過。異國旗幟蓋我民
族。盲者高歌，列隊而過。

窒息。我的呼吸。十指骨骼呻吟。

昨日。

但願昨日不曾在。

⋯⋯⋯⋯⋯ 。

——一九六四年三月
刊於《星島日報》

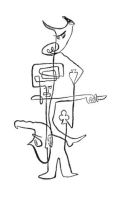

33

夢

回憶　痛苦沉悶的往事
我欲一敲現實的幕
尋求古往的一刻
海潮擊不爛礁石
歲月沖不淡古夢
雖往事似煙雲消去
試問夢境何處可尋

——一九六四年三月
刊於《星島日報》

神像的背面

跪着。就是這樣的跪着，虔誠的跪着，對着你的
神像。

它的背面你看不見，只摸到人們塗上的金漆。

而你是跪着，虔誠的跪着，對着你的神像。

將希望疊成一片片，和你的血淚一起送過去。你相
信神會在你下一個晚餐為你多變一隻雞腿，或者將
你馬票的號碼加上幸運名字。你默默的跪着，和先
前的一剎那一樣，還加上禱告。

但你仍未知它的背面。

——一九六四年三月

刊於《星島日報》

除夕夜

——爆竹一聲除舊歲，一年容易又更新。你這麼說了。

將光明拋向黑暗。爆炸了，遍地赤紅。於是有人說——一顆爆竹一地血，遍地赤紅。藏在門角的掃帚遂向同伴呻吟，我們都是囚犯。

血淚爆發的光明照到那待嫁的閨中少女。明天，明天袋裡將滿是紅包。然不能換回一載青春。遂傷心把頭埋在掌心，一如那掃帚，哭了。

有少爺小姐穿上太陽光譜家族撫過的奪目新衣，招搖過市。有盡傾貨歲尾大減價的口號響遍鬧市。有叫破喉頭吃那雙糧。有桃花盆桔盤踞一角，張血盆大口。廢物，太陽在天主的燈熄滅的時候。豐收的老農，將歡愉掛在肥厚的臉龐。黑膠綢不合用，視線遂搶掠櫥窗的飾物。縫自縫衣者的產品自譏笑他可望而不可得的表情，偏向那花花綠綠拋媚眼。惱於玻璃瓶太狹而不安於室的糖果，乃欲沐浴於垂涎之下。玻璃把視線截止，希望和幻想留在外面，這裡的產品決不會自動溶化。自守候他登門來訪。

那掛百結的頑童失卻昨日的輕佻，靜靜的倚着花甲
老父，仍是那句：

——這就是除夕的繁華？

——一九六四年三月
刊於《星島日報》

雨下的時候

來了。妳來了，姍姍的來了，還有妳的家族。

我遂躺下迎妳。小草從沃土鑽出頭來。相互詢問——今日何日？冬天過去了？是的，冬天真的過去。那麼妳們好好起來吧，舉首向上。

柔風春雨掠過牆頭，撫醒老梧桐。——妳們回來了嗎？它揉揉眼說。龜裂的土地相擁親吻，再不分開。

雨下得更大，花草樹木爭妍鬥麗。這裡一團，那兒一堆。伊亦不甘後人，探頭看看天。——溫暖的春天？這是春天。

那群待出閣的紅鼻子姑娘原守候閨中的也探首張望。

——瞧，下雨了，這雨來得真不合時。轎子一定走得更慢。她們其中一個說。

唷唷，我的姑娘們，怎麼忘了沒雨時要跪在妳神前求雨？她們開始討厭雨。恨雨。她們說這不是雨，是一陣妖風邪雨，雨不該是這樣的。雨養活了她們，而她們現在卻恨雨了。她們討厭雨，雨阻誤她們的行程。她們不會造雨，沒雨時她們求神伸出憐憫的手，可雨下了，她們卻恨雨。咒雨。雨沒有追隨她們的意向，便恨雨，而雨養活了她們。

焚一枝香。禱告。

雨仍是要下的。下得更大。

那群紅鼻子呵，別哭。別哭。

雨下了。

雨下了。

——一九六四年三月
刊於《星島日報》

斷念

某日，西窗落淚。

夕陽落寞地貼照庭院之紫葡萄架，吾遂把書群深鎖高閣，溜到街上。

晚報滿天飛。皮鞋漫地走。下班的肚子特別響。

那兩個孩子仍在廢物堆亂翻，哭喪的臉要較昨日晚報的臉色還慘。兩個鼻孔內的液體上上落落，機械化的蠕動，襯托着殘衣小腿上閃動的大洞。一條鐵枝在那裡翻滾，小的那個撥撥頭上的蒼蠅。那傢伙竟說——誰稀罕，窮酸鬼。

前面的影子拖得更長，昨日快活谷的馬迷呢？

街角那老鞋匠還不曾收工：把鞋放在腿間，拿針，加線，慣性地向兩面拉扯，每一根肌肉都在跳動。風選了其鬍子作巢，在那兒宵夜。老鞋匠看看我，聳聳肩。只有裂之唇，無可作答。

影子改換方向。那兩個孩子的肚是要暖分分的，吾思，馬場上鋪的那些 皮可否為老傢伙編一張被？

哮天犬吠了。

霓虹管睜大眼窺探吾之衣袋。窮光蛋。

叫賣聲破天價響。一管燈。一把口。闖蕩江湖嘛。來來來。善男信女問道街頭。

40

沒有另一隻影子作伴。搖擺的樂與怒和年輕的氣息一起傳過來。吾不高興。西子的淚腺崩潰，仍在西湖哭杞郎。每吾們一塊時，伊總愛吾說這個故事。那段日子好遙遠啊，遠得躲在多霧多雨的江南後面。

微雨，這三月。

很春天，像西子的哭泣。

悽悽地……

悽悽地……

零時廿分

一切思維盡皆失落。

——一九六四年四月
刊於《星島日報》

註：詩人覃子豪於零時廿分斷氣，離開人世。

晨步

——死寂，每秒鐘呼吸一次。

空氣很冷，潮濕。

街燈，仍孤立着，一切沉默。

無星。無月。

（誰也不願露面）

矗立，大廈向高空發展。雲端，人們生活到雲端去。

（人，不滿現實，自足。有一天，大廈會頂着上帝的腳。有一天，大廈比天堂還高。有一天，人會騰雲駕霧。有一天……人會滿足嗎？）

鞋，吻着路面。

呼！一輛汽車擦身而過。

（何必太急呢？忽忽。人們總是忙的。忙這。忙那。得到甚麼？還不是窮光蛋一名。）

又是沉默。

唔，吸一口氣。深深地吸一口氣。

（真糊塗，為什麼以前不曾想過早晨出來走走。放過那新鮮空氣不好好享受，整天困在那丁方不及一丈的家。）

可憐啊，不愛早起的人們。

蠕動。一個黑影在蠕動。

唔。是一位老者——耍太極的老者。

我真羨慕他懂得享受，不讓新鮮空氣溜走。他很壯
健。是新鮮空氣的，還是太極的？

默默。走過老者身旁。默默無言。

別叨擾人家啊，只供欣賞。

宛如。宛如一尊石像。

——一九六四年四月
刊於《星島日報》

逝水東流

水。流着，靜靜的流着。向東。

山。不動。靜靜的躺着。

（千萬年前，它們是這樣的。千萬年後，它們還是這樣。）

淚。流着。沒有抽泣。

（我覺得流淚是有勇氣的。總比無淚可流好。只有淚可以洗滌心靈上的創傷。也只有淚能帶給新生。）

落葉，兩塊小葉離家了。隨風，乘水而去。

（它落在哪裡，飄到哪兒。沒有人知道。誰知道這條河流到哪，但我確信它流向東。）

高山常青。綠水長流。

—— 為我快樂。妳說。

（而我，為妳快樂一年，卻傷心痛苦一生。）

盼着隨波逐流。帶我到一個沒人認識的地方。

快！快！快！

或許。我不再痛苦。

或許。我會極快樂。

—— 一九六四年四月
刊於《星島日報》

44

斷弦曲

七月。乞巧。

（而今夕，牛郎會織女於鵲橋。我將怎樣？）

一塊重鉛。壓着。心向下墜。

我的手。顫動。

結他。擺動。擺動。

（爬上每一座山

尋找每一條山路

經過每一行小徑

跨過每一澗山溪

追隨所有的彩虹

—— 直到你找到你的夢……

而弦，跳着。跳着。久久不絕。久久不絕。

（因為沒有人能找到他的夢）

視線，朦朧。模糊不清。

鏘。弦斷了。

（夢已醒，一切憧憬已成了泡沫）

心。很重。

一塊鉛。壓着。壓着。

久久如是。久久如是。

—— 寫於癸卯年七夕

—— 一九六四年四月

刊於《星島日報》

45

末世某日某事錄

那
來自億萬光年的宇宙虹光
（有逝者形象）
撫慰落寞的鰥寡　嘗
靜立於門前
乃有群乞之殘餘
飯粒
自富人口中落下的
飯粒
（昨日有某者餓斃那角　望角啊）
而群乞之遺孤　像
那
來自億萬光年的宇宙虹光
被　遺棄

——一九六四年五月
刊於《星島日報》

幻

我　是個

吃黑麵包的

不討厭黑夜

座鐘　長短針　吻於十二

乃跨過　額菲爾士峰

探入太平洋　深度

僅及兩膝　摩天大廈

很矮　及腰

手　觸及銀河系

不要　氧　光

盯着

折光的　月

一個企圖　萌發

（據說

　嫦娥很美）

——一九六四年五月

刊於《星島日報》

鏡

鏡　明淨的
看到我的
　　影子
（我是愚拙的人）

看到你的
　　影子
（你也不是超人）
呵　超人
超人的影子永不在鏡裡出現

——一九六四年五月
刊於《星島日報》

拾夢者

細菌在體內居留過期。腐蝕。而某種臭味，墮落。
掛上塵網。

遂想及昨日撒種女孩的醜態，產自醜女孩手的決不
是芥子。

（妳去了，看不到妳乘的是甚麼，但總是不祥的預
兆。今天是黑色星期五啊，當心，蠅在腐化之軀體
吐下牠剛嗅的你的髮香。）

沉默了一代，好長的日子呵。

短髭變得又黑又粗且以幾何級數滋長繁殖。

直想着發言，聲帶卻已沙啞。直想着過去，美夢卻
不前來。

拾夢已成了喝咖啡嗜好。

第一個夢，拾到的是妳。（血液倒流）

第二個夢，拾到了維特。（維納斯特）

（從廢墟。從陌市。吾嘗拾過很多很多美夢。如
今，駐足愁城。駐足北極。駐足滄海。駐足抽屜。
卻想及園內景象。可荒涼否？）

——一九六四年六月
刊於《大專月刊》

49

寄生蟲

午間。吾之

血液沸騰成了岩漿。

寄生蟲在體內爬行吸啜半輩子後就嚷着要鑽到血管去。如今牠是紅紅的了。

血液的缺少使他驚愕，吾骨架嶙峋且突於角際。自醫者為吾注入五百 CC 後，牠就長居那狹得僅可容身之所了。血，總比其他的好嘛！

血的味很美。

——一九六四年六月
刊於《大專月刊》

焚書節

在那裡的那裡留下甚麼沒人知道。我卻想起那是一隻貼地影子和我的焚書節。

你們來自各地卻靜躺那兒的無種族歧見的精神使我想起崇拜與愚昧。

（林肯不是這樣死了嗎。你們這群蠢貨）

我遂閉上眼，讓靈魂跑到那世紀去，看他們脫去衣跳裸體舞。而他們說這是文明。

你們還靜躺在那裡等候甚麼。昨日的風雪一定要再來。

———一九六四年六月
刊於《大專月刊》

笑

笑
他們在那裡向我發笑
曾告訴你的
這笑是一種召引
你就會迎上去
　　　自刎

——一九六四年六月
刊於《大專月刊》

鬱的解剖

跌落。夕陽自你的睫眉間。風至,且攜來一袖
冷寂。

餘暉從簾外伸手進來。你好嗎?朋友。唉,怎樣才
可以說是好哩。難道我也可以和好字共處?西窗的
淚滴已能培植一株萬年青。那群孩子又叫且笑的打
屋前走過。你自窗往外望,有難耐的感覺。他們帶
給你一些童年的殘餘回憶,和一些爛漫的情感。

外面的世界一如變幻不定的彩橋,你只能怯怯的在
遠觀。在此,你只能如此的看日升,看月落,看雲
飛,看星閃。朝朝。夕夕。年年。月月。

你向前走。一二三四五。你往後退。一二三四五。
唉!這就是我的世界。你發怔,在輪椅上。我的天
地原來就是這麼大。這西窗。這牆。這門。這床。
這桌。你苦痛地以手擊往椅柄。這雙腿!這雙腿!
自此,你只能把你的王國築在這醜惡的輪椅上。你
出生,然後等着被蓋棺,等着被立碑。

我還有多少日子呢?

另一個世界的人的步伐在外面響了。這是一枝敲響
你靈魂的小棒。他推開門把盛飯的盤子塞進來。晚
飯。他冷冷的說。弟弟求你跟爸爸或嬸嬸說讓我出
去。我已厭倦這裡的一切。你幾乎想跪下來。

怎麼。早就警告過你別叫我弟弟。你配麼？是的。
是的，我不配。我不配。弟弟。不。不⋯⋯你應
首，泣不成聲。啃硬硬的冷飯。喝更冷的開水。
那群孩子又叫且笑的打窗外走過。你只能如此的愕
愕地在遙守。在羨觀。外面的世界一如幻幻的雲
彩，橫植你蒼白的心中。你似乎期待甚麼。又似乎
甚麼也期待不到。

你向左轉。以手推輪。你向右轉。以手推輪。
一二三四五。一二三四五。這就是我的世界。

哦哦。錯過最後一渡的貝殼飲泣了。

——一九六四年六月
刊於《星島日報》

54

與維愛娜書

維愛娜。春遠去了。不是麼?妳吹口哨的足音響了。妳熱帶舞蹈似的雙腿有蠻蠻者之姿。

維愛娜。別再向大地拋送媚眼。把鱷魚淚停停吧。我不會相信甚麼,甚至她們的一顆分子和一根青絲。

維愛娜。妳帶來世紀末的憂悒,以我憤怒的葡萄,以我靈魂的死亡。

維愛娜。妳洗劫大地,以三十五柄鋒利的刀。

維愛娜。妳洗劫我心,以第八十五個熱吻。

維愛娜。大地已一貧如洗,和我的心靈一樣。

維愛娜。昨日,昨日妳叩門時就叩開我心扉。

維愛娜。今夕,今夕妳走時就讓門開了吧。

維愛娜。洗劫,洗劫我們,以八十五把利刃。

維愛娜。妳這女巫,蠻蠻者之姿。

上主,請把她驅走。請把她驅走。

———— 一九六四年七月
刊於《星島日報》

註:維愛娜是當年蹂躪香港的颱風。

55

東方——為文秀文社三周年紀念而作

且向東　把舵　秀秀　船長說　忘了買醉吧　想想
那年發霉的東
三天以來　船長的短髭一直濕着　而你把舵的手也
濕着

——一九六四年九月
刊於《文秀文社慶祝創社三周年紀念特刊》

降調的組曲

AA

八月遠遠，八月在天邊。這一季，連夢也是賺人淌淚的。而夢卻總愛在將醒未醒的時刻匍匐前來。一如冬臨前的寒穆。

首次遇着虹上虹是個把孤獨刻在額角之夜。

AB

來了。那個背向我們的青年。不能作一些甚麼推想的，他就是這麼一個人。好踏着孤獨來乘着塵去。風霜滿面。風霜滿面。

星星瀉滿了一袖。冷肅而又寂寞地。思想如一匹瀑布。瀉下。

BA

今夜，我的走姿是醉後的瓶。小倩，別問我如何去消磨一個一個的夜。讓我們去數那些將墮的星星。

BB

小倩，這裡的故事隨手可拾。你去碰碰運氣看。就趕最後一渡，不然明日來臨，故事可要溶化了。

我竟又再度回到那又長又狹的木梯面前。去捕捉一種不能分析的氣味。去看那扇永遠關閉着卻曾為我而開過的窗。

BC

又如是的擺着兩手和走向背風的位置。小倩，落寞時去想想那深鎖兩眉的青年。

縱使落日下沉着，但仍燒痛了主人的手。碰了滿一袖的愁。愁就上升，然後籠罩了整個的我。

CA

我們的走姿是如此的美，背向海濱而步入林間。

林內有虹上虹和隨手可拾的故事。晚安，小倩。晚安，群星。

——一九六四年十二月
刊於《學園》
——一九六五年一月
刊於《中國學生周報》

一九六五

冷呀冷呀

風雪一夜走了千九百六十五里。樹們寂寞得要哭。
湖板起蒼白的臉。冷呀冷呀。就把這些松枝去生個
火吧。
有的樹要挺直腰板。　冷呀冷呀

鳥們把草兒草孫叫得探出頭來。偏的是太陽那老傢
伙不肯起床。冷呀冷呀。往城裡走走。到紅燈店裡
去親熱親熱。
有的樹要落葉了。　冷呀冷呀

雨叢伸手掀起一季睡意。隔得遠遠的。冷呀冷呀。
這裡有一柄舊傘哩！你用了，雨們就不會落到背
後。你可以到河裡洗個澡。
有的樹要哭了。　冷呀冷呀

我前年和前年的前年到秋就患了傷風。冷呀冷呀。
如果你能等到秋和我一齊看葉們在園子裡跳芭
蕾舞。
有的樹現在才開始生長。　冷呀冷呀

———— 一九六五年二月
刊於《中國學生周報》

塑像

只要你不介意那掛滿憂鬱的小北窗，就望過來吧。
—— 雲鶴〈笑語〉

那人死了。

我們給他塑像。

他是蓄短髭的尋屍者和「食屍的人」。他慣於獨
處。他不是中國風的奴隸也不是現代主義的盲目信
徒，但他是食詩的人。他告訴我他是雲。

（那巫山的雲喲）

（他數星，他售星。他在窗前以慾焚銀河系的星群）

他說有人以為雲是擁有快感的，然後他也告訴我，
一朵不曾受風蹂躪且被囚困的雲是抑鬱的。所以他
曾攜帶他的真誠到市場去兜售。往來的人雖多，但
沒有人用暇去看他那顆真誠的標價。那不是屍，不
是詩，也不是星，也不是虹，而是另一顆真誠。另
一顆真誠啊！多令人難以付出的價目。他討厭他們
的市儈氣，直到那使假鈔的來了。她來，買去他的
真誠，用她那污濁而又再經漂白的貞操。她竟把他
的真誠偷走了，而他就哭泣過廿個世紀。自後，那
一湖止水沒有風再起不了縐。每片落湖的浪枝蕩葉
就足以刺傷那淌血的心。

（那焚星毀琴的浪子喲）

（他數星，他在窗前以愁焚銀河系的星群）

那雲常以霧水把希冀寫在星上。他掉頭，我看到他真誠的火燄暗淡了。他染有瘂弦的病症；在〈深淵〉之中，他說他是〈異客〉裡的陌生人。在等着死神的降臨。但他又畏懼死的親吻，所以他走了。走到那只有他自己影子的地方去流自己的淚。當他見到他的星，一顆兩顆三顆地遠去隱掉時，他就把淚珠串成花圈掛在自己的墳前。芳草萋萋。萋萋芳草。

（那雲散了）

（他的靈魂仍在窗前以愁焚銀河系的星群）

我在他的遺書裡撿到商禽的那句：長官，窗子太高了。而在他的日記裡則寫着：我逃避了獅子，卻遇到狗熊。回到屋裡把手放到牆上，竟被毒蛇咬傷。

他是第一個知道地球是方形的人。

那人死了。隨着他的星殞落了。

那食人的詩。

——一九六五年四月
刊於《星島日報》

東向

每個晨你可以看到那個架着黑邊眼鏡而兩鬢斑白的少年打這塊草地上走過。如果時候還早，他會停下來在那邊的長椅上看一回書。然後起來向着太陽走。他的頭抬得很高，但視線卻為某些事物所阻擋。對於前途他僅能付之推想。他感到一群群人從身旁擦過，去了又來，來了又去。而他仍是如此的走着，他已經去到轉角，快轉到那條更長更多人走的路，而他的內心卻仍是一片空白、茫然⋯⋯

他走進晨霧裡。視線僅及五呎以內，以外則一無所知⋯⋯

晨光躍動一如不安的心速。他遂把身軀再隱進霧裡。

灰色一片。

——一九六五年四月
刊於《星島日報》

死線

月色與燈色對飲，鄰室鼾聲頻頻。

一個兩個三個呵欠再次接踵而至。幾何。三角。代
數。立幾。解幾。微積分。

鄰室有第七次轉身之碰撞。

英文。物理。化學。生物。地理。國文。

死亡證已簽紙了沒有。牛頭馬面說你尚未合格。蓋
陽壽未盡也。

——磊，還未睡？

大概睡過了，我也不大清楚。

時鐘裂唇而笑。

鄰室有漱口之聲。

呵，晨安！

——一九六五年四月
刊於《星島日報》

浪人吟

冬來。自北掩至。
北是故居
曾流浪整夜於街頭的
就如此的醉倒　不再
想夢鄉的孤寂　和涓涓的
流水　和草地　和童年
北風呵──

江南長草流水青山
夢欲跨一足之旅　去拾
不足以記掛的
不足以記掛的
　　　　心
　　　。

這冬。屬於心的一季。

──一九六五年五月
刊於《芷蘭季刊》

霧暮・夏力道

陽光被斥棄於白白之外

霧　鎖於五步

而雨乘風蕩笑

　　　　風吹拂

滿眼是綠

　　　是藍

山喲　海喲　雨喲　霧喲　風喲　暮喲

霧暮和夏力道和我

步伐只嚷着靜呀單調呀

鳥們就來把靜一腳踢開

誰去飲如此一席黃昏

把這個霧暮埋在山頂

那架黑邊眼鏡而兩鬢斑白的少年

　　　　　　　　——一九六五年八月

一九六六

圓

玄之玄
圓之圓
拋物曲線
無始無終

滾
透不出的
憤怒
紅了一脖子
心碎

————一九六六年二月
刊於《藍馬季》

一九六八

未開始的終結

二月之晨

天氣陰暗得黃梅雨

晨也晨不來

小倩　妳沒有春天

竟如此淒淒地去了

匆忙得令我驚惶失措

一如你之到來

雨點輕拂着妳柔柔的面碑

小倩　零歲　死於未出生之前

這本來是個不值得來的世界

妳反對來我也無話可說

越南的孤苦支撐着

拭着淚在戰壕裡翻看父母

無望地嗚咽着

保良局前躺着無數呻吟的可憐

不人道與仁道陸續無情交替

妳不來也罷

亞巴郎　你好狠呀

能怨我嗎　依撒格

妳在母體內吸啜着最後的一滴乳

此世界非妳世界

適合時再來吧

別了　我親愛的　小倩

沒有春天的

小倩

伊和我都那麼想

不來總比來早了好

就把記憶寫在碑上

神話裡的石塊自心坎移植到記憶裡去……

——一九六八年二月

刊於《中報週刊》

註：為一個只有三個月的胎兒流產而寫。

夏日・晌午

晌午
旗杆也沒有影子
憤怒的阿波羅在上
喘着白霧的柏油路在下
在這個撒着網狀紋的亭子裡
我掀着敞開衣鈕的夏威夷
揚向五月的
晌午　的
　　　風

風不來
網狀的亭子裡沒有音樂
喘着的白霧哀演羅馬焚城日
哦。海倫
鳥不來
網狀的亭子裡沒有音樂
我們往哪裡去
吶喊的末日自古代傳來
歷史是一環輪子
去而復來　唉！

連旗杆也沒有影子

晌午

——一九六八年五月

刊於《中報周刊》

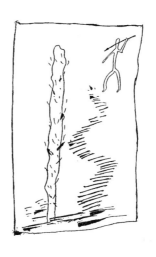

醉

再煮一壺高粱
秋的枯葉已跌倒
在雪堆裡
在長安的古道上
酒字大旗颯颯地揚
在雪飄的暮裡
醉便躍然
自我眸間溜出
倒在笙歌絃管中
猛抬首
星光在哪

再煮一壺暖暖的高粱
在我們的世界裡沒有醉
我們便說着如何抽刀斷水
說着如何散髮扁舟
說着如何小謝
說着如何得意盡歡
說着說着
躍然

躍然自眸間躍出了
醉

再煮一壺高粱吧
晚風裡
有一少年狂歌曰
古來聖賢皆寂寞
惟有飲者留其名

——一九六八年九月
刊於《中報週刊》

雨夜的變奏

而窗響着
窗外的芭蕉響着
牛奶的月光睡在雲裡
醒來
在雨夜

在雨夜
想妳
而雨在唱催眠曲
樹們輕輕地搖着
搖在大網仔的
水泥路上

水泥路上
雨下着
哼着青春調子的雨
我們走着
濺着斬竹的泥塊
想北潭的路
披着斜斜方紋的雨
不在雨夜
在關帝廟外

在一九六六年之春
在微微盪着雨粉的三月
在狹狹的長獨木舟裡
我們揚溢着青春
我們揚溢着歡樂

塵封了的芭蕉
而雨下着
窗響着
窗外的芭蕉搖曳着
搖在昨日
搖在雨夜

——一九六八年十二月
刊於《中報週刊》

伊之眸色

序——

伊之眸色是磁　而我是排列整齊的順磁質
（曾經滄海難為水　傷心淚盡話當年
——丘比特的箭簇閃亮否？）

色之一：藍

黃昏笑得花枝招展的。不復想及巫山與雲。自伊隨
暮色噬去半顆盲點以後。五指遂描伊之眸色於第十
個花圃。雲來自憂鬱的國度駕虹而去。乃想及昨日
今日明日。
潮汐湧現於交午的濃眉的眼瞼下去慰問短髭
亂語。狂思。

色之二：紅

妳來。自九月的雲啟我夢於夢中。而夢是採霞的雲
片。晚祭時。鐘聲喚我們的名字於雲外。遂把雲疊
成希望交給明日。
而把昨日付諸流水吧。昨日是風。吹在海上。
僅吹在海上而已。
（義山不懂吟詩乎？）

色之三：粉紅

神哦
今夕青鳥取道蓬山。而
蓬山是昨夜的夢
藏一鹿於心中有戰戰戰兢兢
拋絮語去西窗下看躍動躍動的
                   藍裙
跳動的粉紅箋是屬於他那個
可愛的
     飄拂的
主人

色之四：西窗箋

雨落了滿西窗。寄居椏杈的沉鬱遂跳動一個埃及族
的肚皮舞。
就這樣坐着，讓那折射灑妳以片片紛飛的霞光。
落了滿妳髮。以腦髓數妳的睫。以唇吻妳的抑悒。
且讓我們鯨吞一夜春色。隨而憶及伊之無名指和我
的虛幻。
落山後去。雲。山後未可知。去尋那隱隱霞光。
欲羞畏辭去凡間，問上主晨安。修道院門會是
雲之落淚所。若霞光隱去。

79

若霞光隱去……

色之五：Coffee Club

去 Coffee Club。那裡有拾不盡的笑意。而妳的眸色
遂變得很磁。

浮雕上敘述一個感人的故事。攜手嗎？昨日是一朵
盛燦的康乃馨。別忘了向日葵總是笑的，笑得連明
日也一片一片飄來。

把我們的友誼美了一層又一層。

椅色藍藍。燈色暗暗。

遂把虛幻寫在 Coffee Club 的長椅上。

色之六：銅馬像及城

妳說過很喜歡銅馬像的。妳把妳的夢埋在那裡。我
的也是。

隔着磨沙玻璃去看妳如橫了一山。

此城之氣候將不適合我。那裡有誘人的長夢。而我
會離去。離時趁老人之鹿車。

念及此城否？

仍吻那指環和虹？

…………

東方與蒙地卡羅。躍動的信息。神前的唸珠。默默
的禱告。眷戀的海輪。寂寞灣的柔沙。冰心的紙
船。俄耳的幽琴。夢裡的影子。
此城的氣候亦不合於我。那就去
銅馬像下許願。

色之七：信們

信　———　———　———　———
　　———　———　———　———

如讀着伊的唇
說着馬上的將軍白鴿巢新花園連理樹　關切慰問
看出一雙小白兔的眼睛　和
吃醋的娘子鼻
神　斷兩臂的

色之八：八月與八月

流水自日子中訴說美夢多多
八月的尾巴很長
在窗外搖落串串透明思想
總愛在藍窗下織一些淡淡的影子
從那個泛着粉紅的八月
到這個八月　牽記着
藍藍的將軍澳

81

銀礦灣的封鎖線　和
南丫島彎彎下垂的榕樹
水流速度與時間與正比
日子始終會帶着喜訊傳來
另一個八月將娓娓而至
現在仍是八月
有很圓的臉
很甜的餅

色之九：歲月

歲月是一名醜婦
把吾們的故事
淡了又淡
向日葵低首了
夸父在一次落日前
指責亞坡羅
昨日有人射落了九枚太陽　而
今日
今日我將倒在這裡
看歲月這醜婦
一片一片的宰割我
在我的面上狠狠的拉着
一條條皺紋。

色之十：等候

等着。等着。

生命的輪渡

戛然湧進　V形的港口

而某日

孤獨在徜徉

在島上

人如潮　去而復來

等候卻是秋在末梢的裝飾品

家的慾念淒淒的抽搐着

而我仍要默默地讀頁頁往事？

　　　　　　讀夸父的追憶錄？

牛郎極目

銀河無橋

鵲們到很遙遠的昔往

去織牠們的美夢

夢在八月與八月的

網中

色之十一：故事

不再說藍鬍子和異鄉人故事了。藍鬍子已跌在圓圓
的月泛濫的湖裡。異鄉人仍在異鄉。孤獨而淒苦。
星子們總愛吵嘴。伊說。吾們的故事很美。
及後，伊問：爾之夢呢？
而我再沒有甚麼夢了。夢在西城。故事裡已不再
是銅馬像和之無名指。僅是心中一團無以名之的
茫茫。
伊說：忘了我吧！
一顆星子西去了。

色之十二：灰色終結

星子們仍在窗外
在伊之眸色中
而我卻隱去
眸色遠遠
夜夜眺望黝黑的穹蒼
便去太平山
守一個靜寂的霧暮
到鯉魚門
數一數歸帆
捕捉吾們的蹤影

回來時。攜一袖星子
另一袖虛空

———— 一九六五年六月
刊於《藍馬季》
———— 一九六八年十二月
刊於《星島日報》

註:〈伊之眸色〉是一組淡淡的哀愁,這裡訴說一段忘不了的情緣。
此詩最初開始於與羈魂、易牧合寫的〈象‧眸色及記憶〉(見一九六五年三日
《星島日報》)。後來續寫至〈色之四:西窗箋〉,合成一組發表於是年六月出
版的《藍馬季》創刊號,同時亦見於台灣的《星座》詩刊第十一期。後來斷斷
續續的寫,到一九六八年才全部寫完,於是年十二月發表於《星島日報‧大學
文藝》版。是為記。

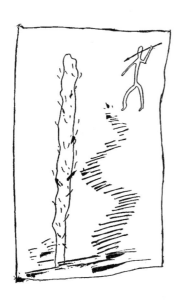

一九六九

長堤·在那季節裡

患黃梅病的雨
蠶蝕着海面的蜂巢
千旋萬轉
季候風
自長堤唿哨而過
我的鞋子掠着積水
在長堤上
在那季節裡⋯⋯

在那季節裡⋯⋯
我們的鞋子　吻在
長堤的積水上
在張着鼓着嘴的傘下
把着臂
穿過雨網
我們聽羅曼蒂克的黃梅調

聽黃梅調
在那季節裡⋯⋯
季候風唿哨着自長堤掠過
我獨看許多〈雨中的情人〉

————一九六九年四月
刊於《中報週刊》

聖夜

神父呢喃
信眾呢喃
肅穆自祭壇升起
踏雪的蹄聲
冷風唿哨着
沒有溫暖的平安夜
好冷好冷呀
白袍的使者
敲醒廿四聖夜之醉
亞里路亞
亞里路亞
冷風不來誰來
聖夜的救世主不來誰來
我頹然老了
這不是一九六九
是一九九九

——一九六九年
刊於《星島日報》

後記

　　整理舊作，幾經篩選，得一九六〇年代詩創作六十首，結集成《詩葉片片》，作為少年時代生活的足跡，印量甚少，僅百冊。

　　我寫詩，只在意內容、意象，有時也顧及節奏，就是不拘形式，或行行斷句，或每行若干句，或以段落出之，只要隨心所欲，獨自吟唱，不顧讀者側目，任意而行。如是者狂妄數載，忽覺詩意全消，情感蒼白，故掛劍！

　　如今年逾古稀，本來早已心平如鏡，忽地故人來郵，勾起無限幽思，遂結集《詩葉片片》，讓大家看看一個迷戀現代詩少年的生活歷程，發一段粉紅色的舊夢。

　　既完編，伊說：單讀詩，無圖，何其單調！

　　想想：我最不擅畫，該作如何？

　　心念：既是生活記錄，把過去人家的贈畫插進書中，大概也可蒙混過關！

　　　　　　　　　　　　　　　　　——二〇一六年八月

本創文學 101

詩葉片片

作　　者：許定銘
責任編輯：黎漢傑
設計排版：陳先英
法律顧問：陳煦堂　律師

出　　版：初文出版社有限公司
　　　　　電郵：manuscriptpublish@gmail.com

印　　刷：陽光印刷製本廠

發　　行：香港聯合書刊物流有限公司
　　　　　香港新界荃灣德士古道220-248號
　　　　　荃灣工業中心16樓
　　　　　電話：(852) 2150-2100　傳真：(852) 2407-3062

海外總經銷：貿騰發賣股份有限公司
　　　　　　電話：886-2-82275988　傳真：886-2-82275989
　　　　　　網址：www.namode.com

版　　次：2024年6月初版
國際書號：978-988-70534-7-7
定　　價：港幣118元　新臺幣440元

Published and printed in Hong Kong